魔歌

洛夫詩集

輯一・西貢詩抄

輯二・魔歌

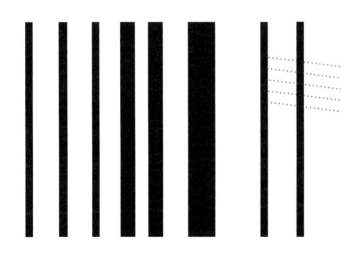

增訂新版序

我的第五部詩集《魔歌》自一九七四年由《中外文學》雜誌社出版後迄今已屆四十四個年頭。這是我的第三部「出土文物」，現經目色出版社試著以淘寶心情，重新設計，再版問世，但翻箱倒篋找出《魔歌》的原版，嗅嗅塵封將近半個世紀的封面，一股帶有一點腐朽的歷史味撲面而來，原來《魔歌》的身世也算是幾經滄桑。初版時《中外文學》曾為我舉辦了一次頗具規模的發表會與朗誦會。與會人士不少，進行到討論談及詩的純粹性問題時，各有爭執，發言熱烈，也可說是當年詩壇一件不大不小的言論事件，可是自此以後，便無聲無息了。直到一九九九年一月《魔歌》被評選為「臺灣文學經典三十」之一後，才聲勢大起。開始我聞知此事頗不以為然，因為自我評價最高的是《石室之死亡》，而非《魔歌》，但不久後經我暗自評估，才發現評者對《魔歌》確實另有其客觀的視角。其實這部作品可說是我詩歌創作歷程的一個重要轉捩點。這一時期是我自覺地在語言與意象形塑方面，幾乎有了脫胎換骨的蛻變，同時在精神和思想上我開始探足莊子與禪宗的哲思領域，於是才有「物我同一」的觀念的生成。至於語言風格的變化是顯而易見的，尤其與《石室之死亡》相較，顯得明朗清爽多了，《魔歌》的語言我稱之為生活語言，即由平常粗糙的口語提升為可讀可誦的詩的語言，例如集子中的〈金龍禪寺〉、〈隨雨聲入山而不見雨〉、〈子夜讀信〉等，之所以數十年後仍能在廣大的讀者群心中餘味盪漾，主要就是因為語言不再只是「心靈的密碼，內心世界的喃喃自語。」這使我領悟了一件事：詩人也須敞開心窗，使心靈的觸角探向外在的現實，而求得主體與客體的融會。

我一直認為，用漢語寫的詩仍將會在一個龐大的同一根源同一性質的文化體系之下，形成一種優異的詩歌藝術形式，而這種表達我民族情感、人文精神的形式，勢將繼續維持一種既獨特而又多元的發展。

二〇一八年元月七日

又，「西貢詩抄」可謂我轉變風格之前奏，曾分別收錄在《外外集》、《無岸之河》和《魔歌》三個不同的集子，現已搜羅不易，難窺全貌。過去編印詩集較缺乏整體性觀念，經編輯提議，合為一輯，收入此次新版《魔歌》，讀者朋友或可更清楚此時期之創作脈絡。

洛老

二〇一八年元月二十日

自序

一

《魔歌》，是我的第五個詩集，也是我近四年來調整語言，改變風格，以至整個詩觀發生蛻變後所呈現的一個新風貌。

在現代詩的探索過程中，風格上我有過數次的演變。也許由於詩的蛻化就是生命的蛻化吧，幾乎我的每一個詩集即代表一種迥然不同的心境和生命情態，但在精神上，我仍像在《石室之死亡》時期一樣，維持著一貫的執拗：即肯認寫詩此一作為，是對人類靈魂與命運的一種探討，或者詮釋，且相信詩的創造過程就是生命由內向外的爆裂，迸發。我之迷戀於詩，而鮮作其他文體的嚐試，即基於對這種無形的內在力量的強烈信念。當然，詩人的另一個力量是來自想像，但想像畢竟只是美學上的一個因素，詩人才能之一；富於想像力者固然可以成為詩人，但不一定能成為一個挖掘生命，表現生命，與詮釋生命的現代詩人。因此，在如此沉重而嚴肅的「使命感」負荷之下，我一直處於劍拔弩張，形同鬥雞的緊張狀態中，既未敢輕言「寫詩只不過是一種遊戲」，也未曾故作瀟灑地說：「沒有詩，照樣活得好好的。」我倒無意强調，不寫詩就活不下去，而確實覺得，詩能使我在這個世界活得更有趣，更充實，更有力量。

然而，近年來我的詩觀竟有了極大的改變，最顯著的一點，即認為作為一種探討生命奧義的詩，其力量並非純然源於自我的內在，它該是出於多層次，多方向的結合，這或許就是我已不再相信世上有一種絕對的美學觀念的緣故吧。換言之，詩人不但要走向內心，探入生命的底層，同時也須敞開心窗，使觸覺探向外界的現實，而求得主體與客體的融合。

在對真實（reality）的探求上，詩人的途徑各有不同。TS・艾略特的觀念中只有一個超自然的或形而上的精神世界，反之，華勒士・史蒂文斯則認為除了由想像所創造的感官世界之外，宇宙中別無他物，詩的功效即在為詩人自己，也為讀者提供一個可予享樂的現實世界；前者過份強調內傾，後者過份側重外向，二者都是一種執拗。經過多年的追索，我的抉擇近乎金剛經所謂：「應無所住，而生其心」。我們的「心」本來就是一個活潑而無所不在的生命，自不能鎖於一根柱子的任何一端。一個人如何找到「真我」？如何求得全然無礙的自由？又如何在還原為灰塵之前頓然醒悟？對於一個詩人而言，他最好的答案是化為一隻鳥，一片雲，隨風翺翔。

從我早期的《石室之死亡》詩集中，讀者想必能發現我整個生命的裸裎，其聲發自被傷害的內部，悽厲而昂揚。當時，我的信念與態度是：「攬鏡自照，我們所見到的不是現代人的影像，而是現代人殘酷的命運，寫詩即是對付這殘酷命運的一種報復手段。」於是我的詩也就成了在生與死，愛與恨，獲得與失落之間的猶疑不安中擠迫出來的一聲孤絕的吶喊。十年後，我卻像一股奔馳的激湍，瀉到平原而漸趨甯靜，又如一株絢爛的桃樹，繽紛了一陣子，一俟花葉落盡，剩下的也許只是一些在風雨中顫抖的枝幹，但真實的生命也就含蘊其中。「吾所以有大患者，為吾有身」（老子），對外而言，此「身」正是奔馳不息的激湍，或絢爛一時的花朵，對內而言，此「身」未嘗不可視為源自潛意識的慾念，從兩者中都難找到這顆心的安頓之處。我們發現，外國作家動輒自殺，例證甚多，法國超實主義者甚至把自殺視為一種殉道行為，且死前還要犬儒式地宣稱：「以結束自己生命來使他的哲學獲得一個合理的結論。」而中國作家之所以厚着臉皮不作此圖，主要是因為他們尚無人享受到世界性的榮譽。這雖是一個笑話，但也有其嚴肅的一面，這正顯示中國作家能使他精神世界與物質世界所引起的衝突，在透過文學形式建立的新秩序中得到調和，如能達到「贊天地之化育，與天地參」的境界，自殺自為一種不必要的愚行。

「真我」，或許就是一個詩人終生孜孜矻矻，在意象的經營中，在跟語言的博鬥中唯一追求的目標。在此一探索過程中，語言既是詩人的敵人，也是詩人憑藉的武器，因為詩人最大的企圖是要將語言降服為意象，而使其化為一切事物和人類經驗的本身。要想達到此一企圖，詩人首先必須把自身割成碎片，而後揉入一切事物之中，使個人的生命與天地的生命融為一體。作為一個詩人，我必須意識到：太陽的溫熱也就是我血液的溫熱，冰雪的寒冷也就是我肌膚的寒冷，我隨雲絮而遨遊八荒，海洋因我的激動而咆哮，我一揮手，羣山奔走，我一歌唱，一株菓樹在風中受孕，葉落花墜，我的肢體也隨之碎裂成片；我可以看到「山鳥通過一幅畫而浴入自然的本身」，我可以聽到樹中年輪旋轉的聲音。

我的頭殼炸裂在樹中

即結成石榴
在海中
即結成鹽
唯有血的方程式未變
在最紅的時候
灑落

——摘自〈死亡的修辭學〉

這些都是近年來我詩中經常出現的意象，也是我心的寄托。在詩中，這顆心就是萬物之心，所謂「真我」，就是把自身化為一切存在的我。於是，由於我們對這個世界完全開放，我們也就完全不受這個世界的限制。

超現實主義極終的目的也許在求取絕對的自由，因而自動性（automatism）

成為一個超現實主義者的重要手段，最後的效果或在：「使無情世界化為有情世界」，「使有限經驗化為無限經驗」，「使不可能化為可能」，希望一切能在夢幻中得以證果。但不幸超現實主義者犯了一個嚴重的錯誤，即過於依賴潛意識，過於依賴「自我」的絕對性，至形成有我無物的乖謬。把自我高舉而超過了現實，勢必使「我」陷於絕地，而終生困於無情世界，囿於有限經驗，人永遠是一種「不可能」。現實是超乎概念的，一個詩人如要掌握現實，就必須潛入現實的最底層，撫摸它，擁抱它，與它合而為一。

我對超現實主義者視為主要表現方法的「自動語言」，尤為不滿，但我卻永遠迷惑於透過一種經過修正後的超現實手法所處理的詩境（我不否認我是一個廣義的或知性的超現實主義者，「知性」與「超現實」也許是一種矛盾，但我企圖在詩中使其統一），這種詩境只有當我們把主體生命契入客體事物之中時，始能掌握。當我想寫一首「河」的詩，首先在意念上必須使我自己變成一條河，我的整個心身都要隨它而滔滔，而洶湧，而靜靜流走；扔一顆石子在河心，我的軀體也就隨着一圈圈的波浪而向外逐漸擴散，盪漾。這種「與物同一」的觀念，在我近幾年的作品中愈來愈為明顯，例如〈不被承認的秩序〉、〈死亡的修辭學〉、〈大地之血〉、〈詩人的墓誌銘〉，以及最近完成的〈裸奔〉、〈巨石之變〉等，俱是如此。

〈詩人的墓誌銘〉一詩，是寫給所有與我詩觀相同的詩人的，這是一首說理的詩，雖不完全像十八世紀英國詩人頗普的那首「批評論」（**A Essay on Criticism**），但能具體而完整地表達出我新建立的詩觀，以下是其中的一節：

主要乃在
你把歌唱
視為大地的詮釋

石頭因而赫然發聲
河川
沿你的脈管暢行
激流中，詩句堅如卵石
真實的事物在形式中隱伏
你用雕刀
說出萬物的位置

二

在風格的演變中，我要掌握的另一個因素是意象語的鮮活與精練。我覺悟到，寫詩猶之插花，安排意象應先求疏落有緻，濃淡得宜，才能進而爭奇鬥勝。

秩序是必要的，儘管這種秩序不必限於一般的詩律，甚至可能反詩律，但仍須有一種個人制定的秩序，那怕是「不被承認的秩序」。完成此一秩序最艱苦的工作可能是「尋言」；不錯，在理論上，思想與語言是一體的，同生同滅，但在創造過程中，內心先有朦朧的詩意，而後尋找適當的語言予以表達，或先有一個感性特強的詩句，經過醞釀，剪裁，配置而後產生詩意，這都是常有的現象。不過，如何求得貼切的、鮮活的，或為表現某種特殊心象所需的語言，實為一個詩人最大的挑戰。

在對語言的經營中，我以往過於側重意象的鑄造，致有時怯於割捨，或疏於選擇而形成浪費。因此，慎選語言，並進而將其捶煉成為精粹而鮮活的意象，便成為我近年來特別關注的課題。就在這段嚴格的自我批評與語言實驗期間，我作品的風格一變再變，反覆不定，有繁複轉折如〈月問〉、〈黑色的循環〉、〈嘯〉、〈巨石之變〉者，也有輕靈淡遠如〈白色之釀〉、〈隨雨聲入山而不見雨〉、

〈金龍禪寺〉、〈下午無歌〉者，有感時抒懷如〈獨飲十五行〉、〈無非〉者，也有詮釋個人思想如〈雪〉、〈不被承認的秩序〉、〈詩人的墓誌銘〉者。大致說來，我尚能在作品中把握自己的詩觀，顧及一首詩整體美的呈現，尤其念念不忘於節奏的自然發展。

風格互異，創作時的情況自然也不相同。我寫詩絕大部份是在夜闌人靜時進行，每當燈下獨坐，舒紙展筆之際，如胸中風嘯雲捲，波濤澎湃，意象一個接一個地湧現，大多能意到筆隨，甚或筆不及書，其結果通常是一首所謂「重工業型」的長詩，但有時苦坐沉思，或繞室徘徊，偶然從裊裊煙圈中發現一閃火光，隨即像捕捉蝴蝶似的匆匆將其攫住，然後往紙上一壓，其結果可能是一首「輕工業型」的小詩。比較說來，前者往往需要寬敞的心靈空間，以便作長時間的醞釀。對於詩人，醞釀工夫極為重要，這也正是由米變飯，由飯變酒的必要過程。

最令我自己不解的是，有時我會在極偶然的情況下，任意揮灑出一些「無心插柳」的作品；這就是說，這些詩往往是我自己並不以為然，而大多讀者卻給以出乎意外高的評價，〈獨飲十五行〉、〈金龍禪寺〉、〈有鳥飛過〉，以及〈裸奔〉等即是如此。這些詩通常是未經苦思，遽爾成篇，好像它們早就隱伏在一不自覺的暗處，呼之即出，而創造當以自然為佳。所謂「自然」，大概就是像一株樹似地任其從土壤中長出，因而宇宙的秩序，自然的韻緻，生命的情采也就都在其中了。

今日詩壇，反晦澀已成為某部份讀者批評現代詩，以及同代詩人攻擊異己的戰術之一，而我也曾一度成為被圍攻的對象。晦澀不可成風，本為有心人的針砭，但「晦澀」一詞通常由於使用者言之泛泛，未作界說，其本身反而先晦澀起來。文學史中，晦澀的詩所在多有，而且多為大詩人的作品。如就詩的構成而言，晦澀因素甚多，諸凡暗喻，象徵，暗示，以及形而上的與禪詩等手法，都是造成程度不等的晦澀的原因。無論如何，我們不能僅以「看不懂」此一理由而否定其潛在的意義與價值。嚴格說來，「晦澀」是一回事，「隔」是一回事，「亂整」則是作者道德問題，但都與語言之處理有關，所以我常說，詩人是清醒著做夢的人；他可以是詩的奴隸，但必須是語言的主人。

另外，讀者對詩的接受，層次各有不同，有的追求詩中的散文意義，有的僅求感通，有的偏好詩中的玄想，有的迷於詩中如夢的情趣，故詩的「可欣賞性」，往往因讀者而異。對我個人而言，我甯取輕度的晦澀，而捨毫無藝術效果的明朗。不必否認，我確曾寫過不少一般認為晦澀的詩，要者如《石室之死亡》，我也曾改絃易轍，寫過許多所謂「明朗」的詩，如「西貢詩抄」，與乎本詩集中的大多數作品。然而，令人驚異的是，縱然明朗，竟仍然有許多讀者看不懂，反而晦澀的詩卻一再受到批評家的論析與評價。由此可知，「不懂」實在只是個別情況與層次問題，而且我始終相信「詩有可解，不可解，不必解者，若水月鏡花，勿泥其迹可也」（謝茂秦語）這種說法，說是迷信亦無不可。

其實，現代詩發展到今天，清者自清，濁者自濁，晦澀成風的現象已成過去，問題嚴重的反而是因要求明朗化的矯枉過正而形成詩的散文化，此一傾向近年來尤因「大眾化」一詞的濫用而益趨惡化。一般讀者不能欣賞詩，主要原因乃在他們素來習慣散文的讀法；直達作者的堂奧，既暢快又方便，迂迴轉折，太費心神，更不要說一徑通幽的象徵或暗示了。他們讀得懂的詩大多文法清晰，結構無不邏輯，但不幸他們讀的正是散文。為了大眾化，勢必散文化，唯其散文化，始能大眾化，於是便形成一種惡性循環。一首難懂的詩，縱然障礙重重，其中含有可予衍生和轉化的意義，可能性很大，但一首看了就懂，懂後發現不過如此，既無味可嚼，又無思可想，其本身是毫無可能的。我想，辨識詩與散文最簡單而又有效的辨法，就是把詩的分行形式改為散文的續接形式，結果如發現只不過是一篇「通曉明暢」的短文，這必然是一首偽裝的詩。實際上，偽詩也有兩種，一種情況是結構混亂，意象堆砌，情感氾濫，另一種情況是敍述分明，交代清楚，但毫無詩素可言，前者固不足為法，後者卻成了走大眾化路線的所謂「新現代詩」的致命傷。

基本上，我的一貫作法是「以小我暗示大我，以有限暗示無限」，而且深信：詩是透過個人經驗，冷眼觀世界的東西，瀟瀟灑灑，無拘無束，與現實的關係是不即不離，既是詩人生命情采的展現，也是時代與社會的脈博，雖無實用價值，卻須提供一種有意義的美（a significant beauty），我所謂詩的「純粹性」，僅此而已。

有個時期，我頗心儀形而上的詩，但終因難以掌握其中的玄奧，且不習慣那種以情喻理的表達方式，致一無所成。我也曾迷戀過惠特曼，且一度認為目前臺灣全心全力投入經濟建設，亦如美國當年移民初期之大草原建設，我們詩壇正需要他那種以個人為基點，歌頌生命與創造，結構雄渾，氣勢磅礡的史詩形式，但我也僅止於心嚮往之，無力嘗試。由於不滿早年自己的狂熱詩情，另一個時期我曾揚言要寫一些「冷詩」，冷詩並非理性的詩，亦非泰戈爾式的哲理詩，具體地說，王維的詩境庶幾近之，但又不僅限於清風明月，即盡量抽離個人的情緒與成見，以求詩質的冷凝，迭經實驗，可觀者不多，僅〈有鳥飛過〉、〈某小鎮〉、〈金龍禪寺〉、〈屋頂上的落月〉等七、八首而已。

此外，我也曾對華勒士・史蒂文斯動過心，並試譯過他一部份作品（載於《幼獅文藝》二三三期）。我發現我與他的詩觀頗為相近，譬如他認為「詩不是事物的觀念，而是事物的本身」，這正與我的看法不謀而合。他的詩法確有獨到之處，他是一位「思想性」的詩人，「理趣」也許就是他取勝之所在，臺灣有人摹倣過他，但僅襲其皮毛而已。我曾借用他的詩題「十三種看山鳥的方法」，以及姜白石「數峯清苦，商略黃昏雨」的詩句而綴成「清苦十三峯」作為詩題，後有人據以妄稱，我這首詩是受到史蒂文斯的影響，讀者參閱我與史氏的作品後，當知其不確，這是附帶的一點說明。

總之，我的文學因緣是多方面的，從李杜到里爾克，從禪詩到超現實主義，廣結善緣，無不鍾情，這可能正是我戴有多種面具的原因之一，但面具後面的我，始終是不變的。

三

我曾在給友人的一封信中說：詩人出版一本詩集，其嚴重性猶如結一次婚。以往我出的幾個集子，都跡近野合，草草了事，事後雖不致休了她們，但至今看來，一個個都成了不堪回首的黃臉婆，故這次結集交「中外文學」出版，是寄予極大的期許的。詩稿交印後，書名卻大費思量。我曾在《創世紀》三十二期發表一輯「魔歌六首」，但事實上並沒有「魔歌」這麼一首詩，我一時興起，便移作書名。詩集命名《魔歌》，其義有二，一為魔鬼之「魔」，一為魔法之「魔」。近年我常被許多學院批評家拿到手術臺上作臨床實驗，抽筋剝皮，好不慘然。顏元叔教授嘗謂我因受超現實主義影響而「走火入魔」，詩之成魔，自非中國文學傳統的正道，如韓愈生於現代，我也勢必成為他撻伐的對象。我寫詩從未焚香沐浴，正襟危坐，板起面孔在詩中闡揚正教名倫之道，我寫性，寫戰爭，寫死亡，詩味既苦且澀又不守詩律，難怪顏元叔與朱炎兩位先生曾先後半褒半貶地說我有「不羈野馬的詩才」。我自知詩才有限，而狂放不羈倒是實情，尤其近來我已由「樂詩不疲」而趨於「玩詩不恭」的境地，〈翻譯秘訣十則〉即為例證，於此焉得不魔！

詩之入魔，自有一番特殊的境界與迷人之處，女人罵你一聲「魔鬼」，想必她已對你有了某種欲說還休的情愫。古有詩聖、詩仙、詩鬼，獨缺詩魔，如果一個詩人使用語言如公孫大娘之使劍，能達到「爗如羿射九日落，矯如羣帝驂龍翔」的境界，如果他弄筆如舞魔棒，達到呼風喚雨，點鐵成金的效果，縱然身列魔榜，難修正果，也足以自豪了，唯我目前道行尚淺，有待更長時間的修煉。

一九七四・十・二十

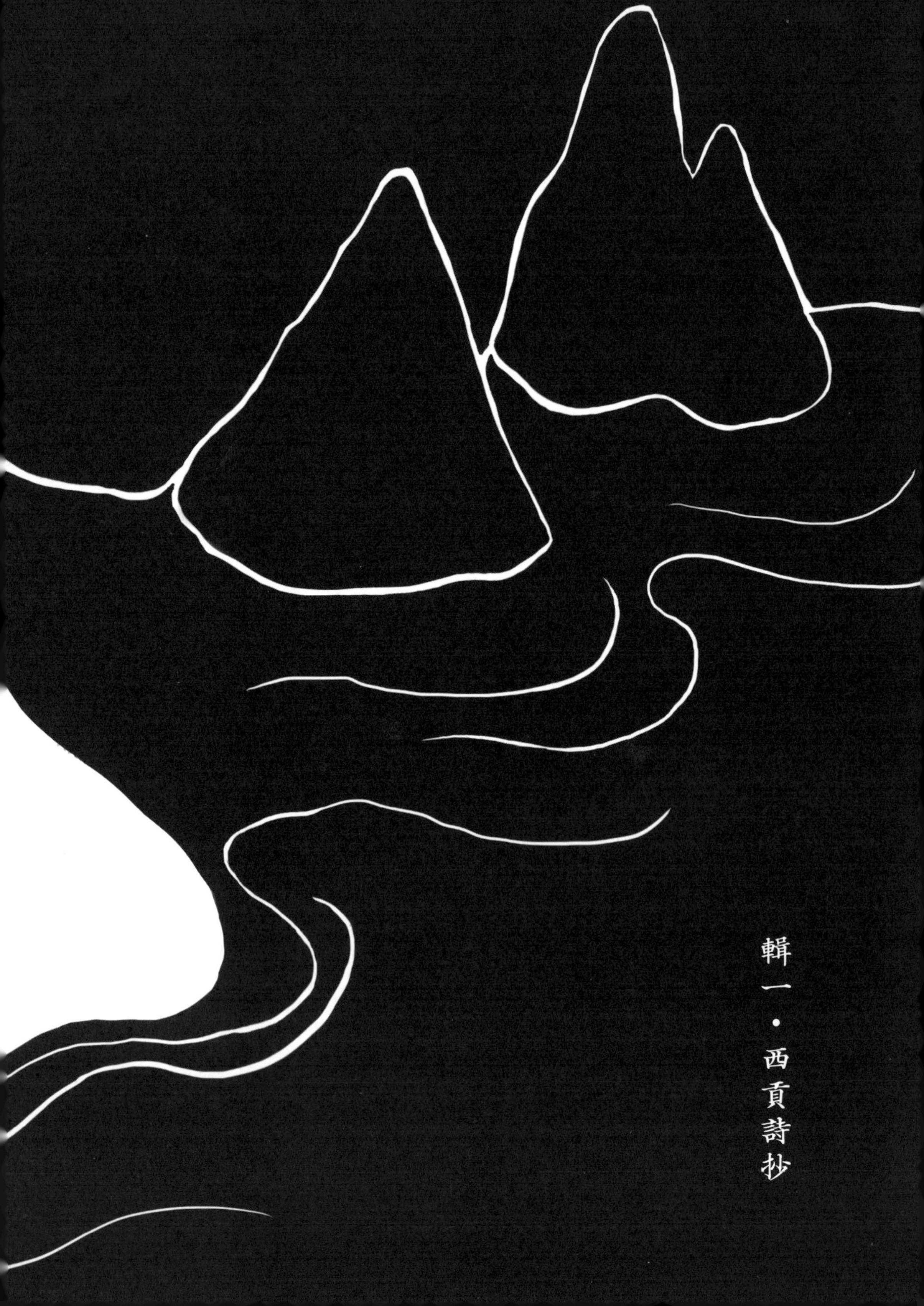

輯一・西貢詩抄

西貢夜市

一個黑人
兩個安南妹
三個高麗棒子
四個從百里居打完仗回來逛窯子的士兵

嚼口香糖的漢子
把手風琴拉成
一條那麼長的無人巷子

烤牛肉的味道從元子坊飄到陳國篡街穿過鐵絲網一直香到化導院

和尚在開會

一九六八・十・十一

手術臺上的男子

血

從血中嘩然站起——
今年，他才十九歲

他被抬了進來
他很疲倦而且沒有音響
白被單下面
他萎縮成一個字母
有些東西突了出來才叫做眼睛

手掌推向下午三點鐘的位置
突然，唯一的一隻腳垂了下來
水獺般滑入池中
而目光被人搓來搓去
搓成一條乾涸了的
河

（白色在吵鬧）

十九歲的男子裸成一匹雪山的豹
白色的淚煮著白色的鄉愁
薛平貴遠征番邦一十八載

雨季中，十九歲的臉
一夜間皺成裱糊店牆上的那幅山水
而十九歲的體內
有金屬輕嘯
他是一條把額角猛向岸上撞的船
桅頂上，那顆星頓然離了方位
退潮的灘上
天空側著身子行走
吐著白沫

（白色在吵鬧）

手術室中
三個軍醫在研究
一把刀子劃過密西根湖
浪高幾丈？
葡萄糖與B52
麻醉劑與輕機槍
一開始
他便選擇了這張窄窄的床

（白色在吵鬧）

十九歲的

男子　掌中躍動著一座山的
男子　血管中咆哮著密西西比河的
男子　胸中埋著一尊兇狠的砲的
男子　嚼著自己射出去而又彈回來的破片的
男子　他已改名叫「不可能」的
男子　今年才十九歲
手術臺上
十九歲的男子
脫下肌膚
赤裸而去

（白色在吵鬧）

從酒吧到散兵壕
從太平洋到太平間
他來了，白盔白甲白戰袍
十九歲那麼帥的男子
那麼年輕的一株加里福尼亞的紅杉
十九個年輪上旋著一支青色的歌
　　十九級上升的梯子
　　十九隻奮飛的翅膀
　　十九雙怒目
　　十九次舉槍
僅僅十九歲的男子十九歲時就那麼走進另一個世界

去尋求結論

而結論是——

手術臺上躺著

十九個窟窿

清明

我們委實不便說什麼，在四月的臉上
有淚燦爛如花
草地上，蒲公英是一個放風箏的孩子
雲就這麼吊著他走

雲吊著孩子
飛機吊著炸彈
孩子與炸彈都是不能對之發脾氣的事物
我們委實不便說什麼的事物

清明節
大家都已習慣這麼一種遊戲
不是哭
而是泣

沙包刑場

一顆顆頭顱從沙包上走了下來
俯耳地面
隱聞地球另一面有人在唱
自悼之輓歌

浮貼在木樁上的那張告示隨風而去
一付好看的臉
自鏡中消失

湯姆之歌

二十歲的漢子湯姆終於被人塑成
一座銅像在廣場上
他的名字被人刻成
一陣風

擦槍此其時
抽煙此其時
不想什麼此其時
（用刺刀在地上劃一個裸女

然後又橫腰把她切斷）
沒有酒的時候
到河邊去捧飲自己的影子
沒有嘴的時候
用傷口呼吸

死過千百次
只有這一次他才是仰著臉
進入廣場

無岸之河

午夜，一個哨兵
從槍管中窺視著
一次日出

月光　可能
馬路　可能
照明彈　可能
一朵黑水仙
由河面升起如一披髮的少婦

午夜，一陣風
從飛機場那邊打個旋再轉回來
踢響七隻空罐頭

午夜十二點
對岸的那排燈光
以流水的姿態一路唱了過去
月在橋下
人在橋上
他抽煙，吐痰，突然側過臉
他凝視一輛卡車以及輪痕以及後面長長的昨天
他在牆腳解開兩顆褲扣然後又扣上

他玩弄一串鑰匙

他蹲下用水壺淋著一些字

他在橋頭

抓住槍就像抓住一條兇猛的河

河是一面鏡

血是鏡子的另一面

當兩岸吵得很兇

在河邊，在月的柔柔呼吸中

他俯身洗他的臉

看錶

依然十二點

十二點的月光　頓然
燃成母親胸中的那盆炭火
他是盲者
　舉槍向天
——每顆星都是自己
鐘鳴十二，心跳亦十二
午夜之後
一個呵欠拼成千個問號
河東　或者
河西
他不知該把自己塑在哪一岸

你們　可能
我們　可能
扣一次扳機　可能
撕一疊名冊
他好像笑了一下
他把鑰匙塞在橋墩底下
他倒了下去
他臥成一條無岸之河
他的臉剛好填滿前面那個人的
鞋
印

天空的以及街上的

發電機
怎麼轉也無法使全部的燈成為可能
成為眾人的眼睛
成為向日葵
成為向日葵恆久的
一種仰望

日落之前
有人在窗口問我那是什麼

那是天
天是什麼
天是雲
雲是什麼
雲是美國的直昇機
直昇機是什麼
直昇機是一九六八年的
瀟灑

阮維大道上
有人在演講
有人在賣藝

霓虹燈吹著胰子泡
擴音器猛咳昨天的那聲嗽
五月的大街上
月光在行人的背脊上
偷貼無字的標語
子彈們
在訕笑的風中
一邊旋行
一邊吻著天使

當烏雲飄入
讀告示人的眼中

一顆曳光彈掉在廣告牌上
另一顆正從泥沼中
升起

魚

反正他眼中只剩下那麼一朵夕陽
明天摔掉鏡子還不太遲

那漢子仍肅然而立，在H鎮上
一株白楊繞著他飛
偶然仰首
從煙囪中飄出來的是骨灰
抑是蝴蝶？
然後想著心事搓著手

當窗戶亮成許多顏色的時候
他是那個故事中僅有的主角
洗手可能洗出另一種悲哀
翻過雙掌，你看
有鱗而無鰭的
算條什麼魚！

然後蹲在屋簷下
吃著一種叫做月亮的水菓
嚼碎的菓核吐向空中便成星
冰涼的舌尖上
有焚雪的清香

然後踢著石子以三拍子的步度
沿牆垣而南而北而西
而東的一口枯井邊
俯身再也找不到自己的那幅臉

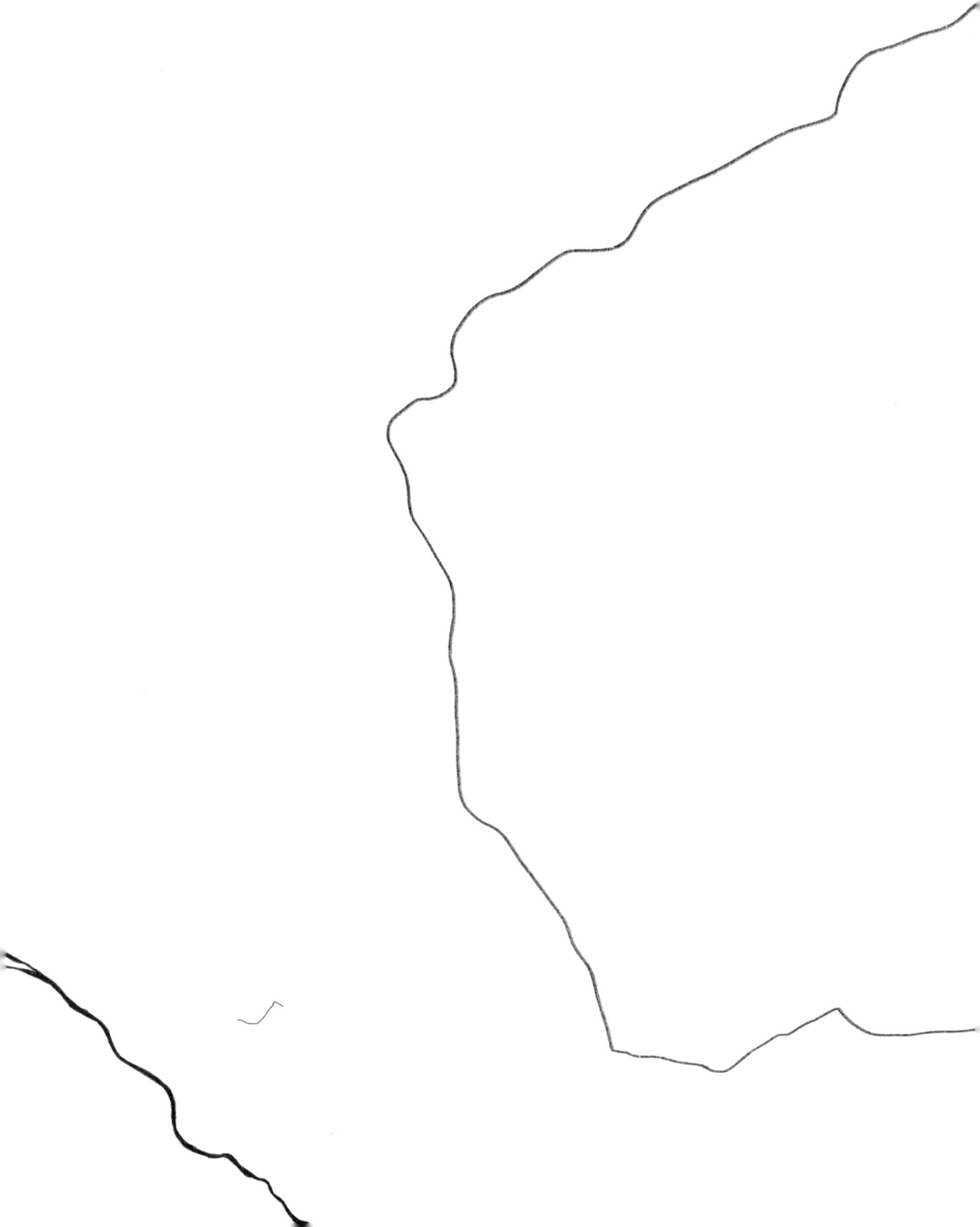

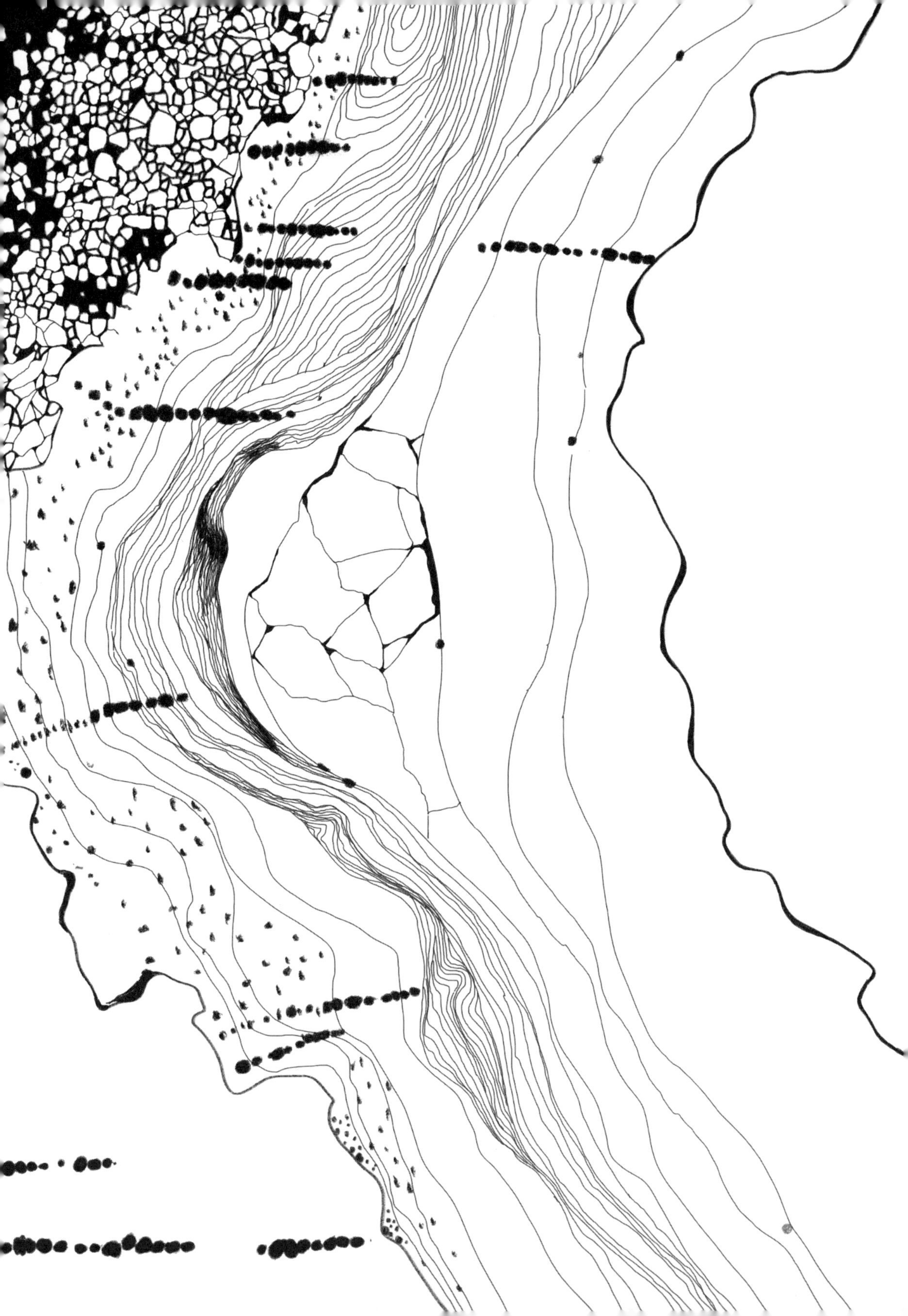

越南來信

砲彈從北來
我左眼跳出一把降落傘
所幸諸事順遂
除了
隔壁那隻在宵禁時遊蕩街頭的貓
昨已入獄

你愛過的
同慶大道上的那顆落日

仍然無孕

P·S·

一九七〇·四·七

自焚

記西貢某高僧

手拈一朵花
據說他就這麼開心的笑了
所謂頓悟
是在喫下了一冊厚厚的佛洛伊德之後

早課方畢
便獨自躲在雲房裏
數自己的舍利子

然後騎摩托車上街
在一座座長滿青苔的臉上
貼標語

色非空
汽油非威士忌
一點燃
他頭頂爆出一朵晚香玉
諸佛粲然

一九七〇・四・七

政變之後

機動車是那個塔克薩斯佬的
灰塵是我的
木棒是那群呼嘯而來的孩子的
血是我的
太陽是那堆挨坐街沿絕食僧尼的
饑餓是我的
西貢河的流水是天空的
那抓不到咬不著非痛非癢非福非禍非佛非禪的茫然是我的

城市

想必，它們是生長起來的而且不斷上升
為樓閣
為揚塵
為一幅水墨畫的空白
整個夏季
全城的太陽都在牆上雕著一張臉
他們很兇地戀著愛
之後擦乾身子
之後緩緩舉起手
從喉嚨裏掏出一把黑煙

酒吧開在禮拜六
砲彈開在禮拜三
裝甲車邊走邊嚼著一塊牛肉餅
而機槍是一個達達主義者
把街上的積水
提升為一片夕陽

所以說
當一排子彈從南門飛到北門
當我們把自己點燃在
一盞憤怒的燈裏

午後印象

河對岸的那排房子仍然空著
有時有迴聲
有時沒有
機帆船唧著整條河而來
有時有齒痕
有時沒有
房子後面是一座很高的煙囪
有時站著
有時躺著

一隊士兵過去了
影子貼著瀝青路而行
他們在軍用地圖上
劃下一道虛線

事件

單單那麼一隻兀鷹
便把天空旋成另一種樣子

那是黑人詹姆士的手
扣板機的手
軟軟的手
懸在地平線上
緊緊抓住一顆落日的手
他是天使

他是盲者
他是斷了翅膀的風箏
他是一支不大哭出聲響來的燃燭
他是河中舞成一朵水仙的
漩渦
　奔馳
　　爬行
他是編號533041的一隻蟹子

啟目是箭
闔目是靶
仰成一種肯定

俯成一種否定
醉或者煙草
嘔吐或者禱告詞
咳嗽或者加農砲
昏睡或者一封揉皺的家書

戰爭有一張啟疑的面孔
　　左頰一面旗
　　右頰一塊碑
上午或者下午或者今天或者明天
都不是問題
全部過程

衹不過為了煮沸一噸鋼

五里外是石楠鎮
石楠鎮四周是鐵絲網
是海灘
是擔架
擔架上是一些眼睛
眼睛裏是
一片聖誕樹上的雪花

那事以後就再沒有發生過什麼除了狼嗥

輯二・魔歌

壺之歌

一把酒壺
坐在那裏
釀造一個悲涼的下午
一支長長的曲子被它嘔出了一半
另一半在焦渴的舌底
死去

如果將其擊破
一個醉漢便從中快快走出

而壺的碎片
比誰都清醒

一九六七・五・五

水聲

由我眼中
升起的那一枚月亮
突然降落在你的
掌心
你就把它摺成一隻小船
任其漂向
水聲的盡頭
我們橫臥在草地上

一把濕髮
湧向我的額角
我終於發現
你緊緊抓住的僅是一支
生了銹的鑰匙
你問：草地上的臥姿
是不是從井中撈起的那幅星圖？
鼻子是北斗
天狼該是你唇邊的那顆黑痣了
這時，你遽然坐了起來
手指著遠處的一盞燈說：
那就是我的童年

總之，我是什麼也聽不清了
你的肌膚下
有晚潮澎湃
我們趕快把船划出體外吧
好讓水聲
留在盡頭

一九六九・十・三十

月問

為阿姆斯壯登陸月球而作

仍然無言，如雪，如煙自眾目中升起
仍然有人推窗
巧逢十五
我便走入一面鏡子中去
以拭塵的五指
塑你的側面，你側面的茫然
大地因此而大，太空因此而空
你的前額往上伸展而成一種孤絕

抓住軌道亦如樹之抓住年輪
迴旋，迴旋，我們轉著一千張臉
而戛然停下的那一面
或曰蛺蝶
或曰亡故
或曰一高音之委頓成泣

巧逢十五
巧逢拭鏡
此時始驚覺你有一排吃雲的牙齒
仰首　向你
故鄉已是昨日的一聲輕咳

鄉愁比長安還遠？

　　鳥囀羣山飛

　　花吐一樹煙

推窗，你是流水

關窗，你是無常

如果浴你於火中

你的臉上還能長出些什麼春花秋實？

夜夜：

　　你在水中舞著

　　我在攪乳器中吼著

　　你在鏡中醒著

　　我在血中鹹著

你在車上蹲著
我在輪底唱著
太陽一再下沉而歌聲永續不絕
不絕若一高拔的孤煙
我裊裊而上
向你
純白的深處

灰茫的心是一種什麼樣的天空？
上升的天空是一種什麼樣的仰望？
推窗一看
夜色竟是我們的臉色

你在松間照
誰在石上流？
可笑，五更天還有人秉燭夜遊
他在等誰？Godot？
果陀只是街上的鞋聲
你抽象得像唐宋
在凝雪的絕處獨唱
冷是一種調子
我們的呼吸是另一種

推窗，我確知你有一個流水的名字
大江東西南北而去

你便以四岸抱我
抱我如抱一片浩瀚
你是笛，我穿九孔而鳴
我們是同一音階的雙鍵
你升。
我降。
你白。
我黑。

你曾浮於海，無邊是岸
你曾洗岩石成呼嘯，吐夕陽成泡沫
你曾煮海水為星

你揮千浪如揮眾手
水以上是天，天以上是無奈
唰！一隻兀鷹抱雲而下
——你好長的一支手臂
一把將我提升
至盡處
遂成絕響

鼓聲
有船自太陽背面而來
風是排槳
雲是萬重山

鼓聲是逼進
腳印是一轟然的事件
那步履將如何在你未設防的內裏踴成風暴？
將如何通過你？
通過你芬芳芬芳的乳房？
這是初夜，他們狠狠踐踏你的私處
讓你
痛成歷史

這是新郎的腳印
這是陷落的腳印
這是燃燒的腳印

這是授精的腳印

鼓聲，痛

鼓聲，痛

今夜，當我仰首向你

我的淚便順著髮根往上流

流向天河

仍然潔白，如雪，如一床新娘的嗒然

我仍然推窗

邀你共飲一杯天色

其中有你有我

有李白臉上的一點點苦澀
當嫦娥把青天繡成碧海
你知夜夜誰是那顆心？
今夜，我欲囚你於鏡
你卻飛升天宇而成為我眼中的無盡
據說無盡是一盞燈
或明或滅
都是一聲呼喚

一九七〇・一・十三

高空的雁行

一二三四五
成單
六七八九十
能不成單嗎？
風起之前
我們抬著天空向南飛

（高射砲彈開黑花
孩子們快回家）

一二三四五
我們在練大字
六七八九十
我們在演算術
一架噴射機把天空吐得那麼髒
弟弟抓起一把雲來擦

（高射砲彈開黑花
孩子們快回家）

一二三四五
我們排著隊
六七八九十
我們報著數
扭頭向右看——
一顆流星劃亮了一個小小的秋

（高射砲彈開黑花
孩子們快回家）

一二三四五
不要碰撞那顆落日呀

六七八九十
它會把你拖進海裏去
今晚月亮為甚麼只有一半？
報紙說：另一半正在太空中心化驗

（高射砲彈開黑花
孩子們快回家）

一九七〇・二・二十

額

我翻閱著一本天空
那無字的一頁，正是
你眼睛振翅而去的高峯
抱你成風
我跪下，把你仰望成
巍峨

我很快便找到了自己
在水漩中

在積雪千丈的掌心
那裏，你曾埋下
一片好遠好遠的鐘聲

我或知道
你另一隻掌中握著的是什麼
而我的額上
流著的白色樹汁啊
何時才能洶湧成一枝花蕊？

一九七〇・四・五

舞者

嗆然
鈸聲中飛出一隻紅蜻蜓
貼著水面而過的
柔柔腹肌
靜止住
全部眼睛的狂嘯

江河江河
自你腰際迤邐而東

而入海的
竟是我們胸臆中的一聲嗚咽
飛花飛花
你的手臂
豈是五絃七絃所能縛住的
揮灑間
豆莢炸裂
羣蝶亂飛

升起，再升起
緩緩轉過身子
一株水蓮猛然張開千指

扣響著

我們心中的高山流水

一九七〇・四・五

白色之釀

把這條河岸踏成月色時
水聲更冷了
我便拾些枯葉燒著
且裸著身子躍進火中
為你釀造
雪香十里

一九七〇・四・五

隨雨聲入山而不見雨

撐著一把油紙傘
唱著「三月李子酸」
眾山之中
我是唯一的一雙芒鞋

啄木鳥　空空
回聲　洞洞
一棵樹在啄痛中迴旋而上

入山
不見雨
傘繞著一塊青石飛
那裏坐著一個抱頭的男子
看煙蒂成灰

下山
仍不見雨
三粒苦松子
沿著路標一直滾到我的腳前
伸手抓起
竟是一把鳥聲

一九七〇・四・六

水

流是動詞
不流是名詞
水加天
等於一口井
井加我們的臉
等於由傷口喊出的那聲
危險

一九七〇・四・六

床前明月光

不是霜啊
而鄉愁竟在我們的血肉中旋成年輪
在千百次的
月落處

只要一壺金門高粱
一小碟豆子
李白便把自己橫在水上
讓心事

從此渡去

一九七〇・四・六

指紋

九個籮
一個箕
無論擱在甚麼地方
輕輕一按
便是滿把血

伸掌
對著燈火一照
嘿

繭中徐徐飛出了
十隻蛺蝶

一九七〇・四・七

有鳥飛過

香煙攤老李的二胡
把我們家的巷子
拉成一綹長長的濕髮

院子的門開著
香片隨著心事　向
杯底沉落
茶几上
煙灰無非是既白且冷

無非是春去秋來

你能不能為我
在藤椅中的千種盹姿
各起一個名字？

晚報扔在臉上
睡眼中
有
鳥
飛過

一九七〇・七・五

金龍禪寺

晚鐘
是遊客下山的小路
羊齒植物
沿著白色的石階
一路嚼下了去

如果此處降雪

而只見

一隻驚起的灰蟬
把山中的燈火
一盞盞地
點燃

一九七〇・七・六

某小鎮

一架噴射機
吵吵鬧鬧地
掠過巨幅的廣告牌
七星汽水冒著
去年的那種
泡沫

女理髮師
捧著收音機

跟著哭
楊麗花的水袖
灑了一街的疲睏
一個警察
楞楞地站在那裏
看水菓行的二小姐
在大門口
吐了一地的
甘蔗渣

小酒樓上的女人
午寐後的臉色

你說它白吧
偏偏又頓然黑了起來

一九七〇・七・六

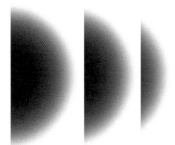

打樁機

打樁機
突然升起
整個杭州南路的眼睛
就那麼吊在空中
嘴巴張開
都為了
一次等待很久很久的
嘔吐

大地的肉體啊

一九七〇・八・八

欲雨

比皮膚還嫩的
天空
四肢撐起
那是誰的翅膀？
向無人處驚飛

河堤
田畝
遠山

濕度計
未升起的太陽
徐徐張開的傘
都沒有眼睛
只因，淚水流自
遠處的
一隻瘦長瘦長的煙囪

一九七〇・八・十

嘯

倘若我們堅持
用頭顱行走
天空，會在一粒泡沫中死去麼？
全部問題
隨著一尊舊砲
從沉沙中
升起

水邊，漂來一雙腳印

莫不就是那一尊默不作聲
患過惡性胃潰瘍
吐過血
仰著傷口呻吟的
舊砲
我撫摸過的手
翻轉來
一九二八年的那滴血
仍在掌心沸騰

庚子那年
海，拋過來一朵罌粟花

我看見
京城來的那位老將軍
以擦汗的手
擦砲
轟，就這麼一種過程
他便裸著身子而且憂鬱
當砲彈
從水面輕輕刮走了
一層中國藍

而嘯聲
已是昨日的白山黑水

黃河激湧
一雙血製的鞋子逆流而上
地點七月七
時間蘆溝橋
倒過來唸
臼砲仍是一個肉食主義者
我們仍能從硝煙中
抓出一大把脂肪
草叢中是鋼盔
鋼盔中是煮沸了的血
正前方三十里地
一株好長好長的毒藤

自砲口蜿蜒而出

於今，主要問題乃在
我已喫掉這尊砲
而嘯聲
在體內如一爆燃的火把
我好冷
掌心
只剩下一把黑煙

一九七〇・十・五

致詩人金斯堡

TO: ALLEN GINSBERG

加洛克，金斯堡和我
將以愛的名義來接管這個
世界，我們準備用巴哈，
莫扎特來代替街燈。
——Gregory Casso

自從
路，一口咬住了鞋子

鞋子咬住了
我們的臍帶
山又高
水又深
山高水深中你把自己的名字
鐫在每一塊墓碑上
任唾沫
飛向你的臉頰
與融雪後的淚
匯流成弱水三千
你捧著鏡子說：
這是歷史中最難懂的一頁

當詩句
在眾目低垂時
猝然爆炸
你曾是從熔鐵爐中
走出的一噸鋼
鎚子剛剛舉起
你的血，便頓然
濺成萬家燈火
在去夏
在一座未醒的城中

吞一粒ＬＳＤ
你叫出一聲愛

憂鬱的城市
沒有嘴的城市
感冒鼻塞時
靠煙囪呼吸的城市
滿街的鞋聲
自風雪中而去
一無回響
當死之花
在三藩市每一家窗口

綻裂

你便走進每一盞燈
全城的灰蛾
便投向
你燃燒的額部
飢餓的日子
你一盤一盤吃著自己的長髮
棍子尚未落下

你早就脫光了身子
那不正是你嗎？
在時報廣場上

把一個警察
吻得吱吱發笑之後
便抱起一顆催淚彈
相對而泣
而傷口
驚惶地張著
不說一句話

吞一粒ＬＳＤ
你叫出一聲愛

午後的公園

散步的腳
曾是一些餵鴿子的手
讀晚報的眼睛
曾是一些呼口號的嘴
日落前
他們躺在一排長椅上
傾聽自己的步履
沙沙而去
這是無聲的城市
許多門
自動啟開而無一人進出
車輪之後

是揚塵
揚塵之後
是疲倦
夕陽正好
曼哈頓河邊
一個黑人猛洗他的皮膚
另一個懷著刀子
憂鬱的城市
通過一座發電機便溫馴多了
當街燈
全力推開
一羣黑面孔的仰望

當巷子裏的鎗
哇地一聲
嘔吐起來
你向那些喧嘩的手
扔過去
一束鮮花

吞一粒ＬＳＤ
你叫出一聲愛

嚼大麻的日子
一縷輕煙

從你脈管中滾滾升起
這時，你站在一口井邊
怔怔地
凝視一小撮青苔
慢慢爬行到你的頸項
這時，自風中
自你欲雨的眼中
一雙翅膀
撲向遠處
一片憤怒的煙塵
這時，向日葵彎下了身子
將你熾熱的臉

一把捧起
而天空
正以一大塊黑色
宣佈死訊
昨夜你是天使
醒來已成棄嬰
大地啊，母親
你一面吟詩
一面吸吮自己的乳房

吞一粒ＬＳＤ
你叫出一聲愛

山又高
水又深
山高水深中你是唯一的一輛
吶喊而來的獨輪車
輾過去
大地一條血痕
再輾過去
我們臉上剩下的就只有
一片雲和月
捶胸而嚎已不復昨日
鼓盆而歌已不復莊周
海灘上

你面對著落日誦詩
任淚水
在激湧的體內
化為泡沫
日子，死去活來
酒杯，滿了又空
子宮，總是那樣
任其一畝畝地
荒蕪
啊：金斯堡，你想說什麼？
你鬍子底下冒些什麼煙？
你尚未成灰

你仍是廣場上
最高昂的
一聲

吼

一九七一・一・十

附註：「吼」（Howl）為金斯堡的一首名詩

黑色的循環

日曜日之歌

再過去
就是中華商場
屋頂上那隻輕氣球
仍在栽一株
向日葵
它能把自己提升成一種甚麼樣的翅膀？
倘若我有一把槍

倘若我給它
一次溫柔溫柔的死

再過去
就是所謂西門町
手還插在口袋裏
市招匆匆
塞給你一把兇猛的顏料
逛百貨公司如過三峽
無猿嘯
而哀聲
在一疊彩色的包裝紙中蠕動。手指冰涼

手指更涼時
迎面撞來一雙怒目
喊殺
連天
而
去

再過去
就是一爿蛇肉店

月曜日之歌

我的意義
當鞦韆揚起某種高度時起了變化
而在——
用水菓刀一片片削的
夏季
沾一些鹽巴吃吃的
夏季
靠一冊李商隱消除體溫的
夏季
一傘之黑

一泡沫之盲
一匹獸一床咆哮的夏季
我用鏟子挖開肉身
埋下去
一桶冰塊的夏季

我渴
我來回走動
我掉頭向一堆灰塵跑去
我把冷卻後的思想
全部從性器官中
排出

火曜日之歌

我不再進駐你的內裏
哦，肉體
我決心逃出你的
血之廂房

只因
一種絕對
一種身為單細胞的悲涼

水曜日之歌

在鏡子裏
種下一把亂鬚
看吧！血便手指般
從裂縫中伸了出來
我抓起窗檻上的
刮鬍刀
怒視著
一臉皺紋的天空
豎起食指

風向何方？
落日悽切地叫了一聲就此停住
我的心房
正迎融雪季節
而面孔
一向埋在水中

木曜日之歌

鳥　驚起
風　脫下衣裳
花　捧著自己的臉

葉子將是純粹的明日
園子裏
菓樹把皮膚一層層翻過來
且不作聲

只要憶起
番石榴遍體的
白色齒痕
慍怒的柯枝
便一一舉起
我們攀摘的手
便一一成為

掉毛的翅膀

攀摘的手
是一瓣一瓣剝開的花朵
花朵
是火的舌頭
是臥榻上的仰姿
是受孕了的
河流

一一成為
亡故的

是我們尚未分娩的驚呼

金曜日之歌

水聲
由兩街集中
竟突然在我額部嘩然而退
一定有事故發生
我緊緊抓住
欲飛的
掌

廣場上
眾目茫茫
圍觀著一片積水

「你們在看什麼？」
「一付剛跌下來的臉」
「誰的？」
「一個死者」
「死者是誰？」
「天空」

土曜日之歌

第一隻火雞
吃著風景
第二隻火雞
吐著泥巴
第三隻火雞
低著頭在繫鞋帶
信不信由你
陶淵明罷官的那一年
所有的雛菊兇狠地舉起爪子

南山千仞
千仞後面於今只有一座煉鋼廠
煙囪裏冒著
另一種悠然
以及一枚
吞服大量砒霜的
月亮

一九七一・二・十六

獨飲十五行

令人醺醺然的
莫非就是那
壺中一滴一滴的長江黃河
近些日子
我總是背對著鏡子
獨飲著
胸中的二三事件
嘴裏嚼著魷魚乾

愈嚼愈想
唐詩中那隻焚著一把雪的
紅泥小火爐

一仰成秋
再仰冬已深了
乾
退瓶也只不過十三塊五毛

後記：此詩寫於臺灣退出聯合國次日，詩成，沽酒一瓶，含淚而下。

蟹

（一片荒蕪的海灘。極目之處，千帆皆不是。在這裏，似乎亙古以來就從沒有什麼事體發生過。時間是一首悠長而毫無意義的歌。由於潮水的起落激盪，一枚蝕白的貝殼與一隻空玻璃瓶不時互撞而發出嗆啷嗆啷的音響。

海灘上有一行腳印
像一串
渴死的魚）

一隻巨蟹
舉螯
向我奔來
長著
細細的褐毛的
腳爪
顯示一種
純粹的偉力
而肉身終歸是一把
從指縫間
漏出的沙子
牠滿嘴的

泡沫
乃一種
沉思者的語言
欲說而無聲的
哀傷
牠疾速地
在我兩腿之間
爬行
沙沙的音響
一種野蠻的追迫
牠臉色猥褻且帶著
刀子

就不能不叫我狐疑
那在肌膚上
深深刻劃下的
白色的爪痕
是一種什麼
警語

我駭然發現，腿上一條條的白色爪痕逐漸變成了紅色。血，血，血總是代表某種含義的。然而，由於爪痕的由深而淺的此一事實，我知道牠已陷於極度的疲倦，這或許就是無血動物的一種形而上的悲哀。

牠咻咻地吐著白沫。據說每次牠在有月亮的沙灘上洩精之後就是這種樣子。

我依然沉默，而巨蟹再度舉起雙螯，憤怒地舉起，舉起。一把巨大的鐵鉗，舉起，舉起。牠似乎企圖把整個天空鉗住，而後撕成碎片。

但，終於那對巨螯停在半空，緩緩垂了下來，且那龐大的軀體的各個部份次第縮小，縮小，及至全部消失。

首先是一對巨螯

其次八隻灰爪

其次腹部

其次傲慢的額……

（一陣浪濤轟然而至，掩蓋了一切）

一九七一・九月初

青空無事

青空
突然唱了起來
孩子們仰著臉
只看到
三五隻飛過去的
雁子
那獨異的文字
一句一句地
在漸遠漸瘦的飛機聲中

消失

天的那邊
其實什麼也沒有
他們只好抓住那條河
一直跟著走
走
走
走
及至看到
掛在電線上的那隻風箏

一九七一・十二・二十一

心事

我的那件舊襯衣
未經審判
就那麼吊在牆壁的
釘子上

我的頭髮是染過的
我的假牙是編過號的
我的傷口
除了流血之外甚麼也沒說

我曾熟讀五經六藝
行事規矩不留長髮
按期繳納房租，報費，分期付款等等
幹嗎仍把我的
那件舊襯衣
吊死在
牆上

一九七一・十二・二十二

十一月初八夜讀記事

我把莊子
摺在
「中央之帝為渾沌」那一行上
借問一聲
室外何事喧嘩

（原來
隔壁鬧賊）

關起窗子
順手從書架上
又取下一本
嘔吐

一九七一・十二・二十二

附註：「嘔吐」，沙特作品之一。

清苦十三峯

第一峯

我是草，而沒有泥土
我是樹，而沒有年輪
我是雲，而沒有房屋
我是火，而沒有舌頭

結構鬆懈，我
血管塞滿了煤渣，我

腦子裏下著雪，我
眼中升起一縷孤煙，我

我在風中

我的名字很冰
我的臉在葉叢中發光
我的雙掌張開便隱聞雷聲
所有的河流
都發源於我莽莽的額角
而桃金孃
因我的歌聲而懷孕

我是
最苦最苦的第一峯

第二峯

黑
是一種過程
變白
是另一種
太陽授精
於大地的湧動中

一切事物靜待著
痛楚
在純粹的燃燒中發聲
說有光
便有了光
只要一棵樹
走近另一棵樹
便結了菓子

日出
羣山驚呼

第三峯

傳說

千年以前
有人向深谷
推一塊巨石下去
竟然沒有回聲

豈不更叫人
心跳

在這裏
既不能選擇另一種風景
而夕陽
又嫌死得太慢

第四峯

而且沒有碑石
在淡淡的
月光下
我的朋友躺在草叢中

一羣螞蟻
在搬弄衣裳與毛髮之類的東西
時間之外的
東西

我的朋友
風雨的朋友
人的朋友
這些是他的鞋子和拐杖
我拉住他的手
他拉住泥土

他說他是山中
唯一沒有皮膚的人

第五峯

雪
安靜地接受
踐踏

喧囂的腳印打這裏一直往下延伸
愈高愈孤獨
愈像一句

刻在路碑上的格言
當白色
成為一種信仰

第六峯

為何山不是山，水不是水
為何風沒有骨骼
為何樹的年輪
不反過來旋轉
為何黃昏不是

任何人的臉
為何點燃一盞燈之後
　山又是山
　水又是水

峯頂上的那塊石頭
誰蹲在上面並不要緊
問題是：
誰是那被雕著的
空白

第七峯

想必埋了一把
鋸子
在那合抱的槐樹下

果然
其中埋了一把鋸子
一樁疑案
一種不治之症
如想知道它的身世
不妨抓一把木屑

揚向風中

第八峯

劍氣
從深谷中升起

一塊青石上
兩個漢子纏鬥了整個下午
血，總是要流的
縱然打通了
任督二脈

另外兩個灰袍老者
在一棵松樹下
用棋子
激辯著生死問題
（留著鬍子的導演在抽煙）

第九峯

處女之石中
有山鳥
振翅而出

雨後
兩峯之間的棧道
由天空掉下來的
一根細細的
蟬鳴架起

那邊來了
一隊露營的童子軍
哨子聲
把遠處的炊煙
吹得又高
又瘦

第十峯

獵槍
大聲地說了一些
駭人的話

鷹飛
蛇走
澗水嘩地站了起來

而迴響
故意重重的咳了一聲
嗽

第十一峯

山中的
超現實主義者
啄木鳥
在寫一首
自動語言的詩
空　空
空
第一句也就是最後一句

小徑上走來
一個持傘的人
擺蕩的左手
似乎
握著甚麼
似乎甚麼也沒有
握

第十二峯

兩山之間
一條瀑布在滔滔地演講自殺的意義

千丈深潭
報以
轟然的掌聲
至於泡沫
大多是一些沉默的懷疑論者

第十三峯

青青的瘦瘦的不見其根不見其葉似蛇非蛇似煙非煙裊裊而上不知所止而名字叫做藤的
一個孩子

仰著臉　向上
向上
向
上
沿懸崖猱升
及至峯頂

終於抱住了一棵樅樹
很高很高的一棵樅樹
剝了衣服
脫了鞋子
伸長的頸子

把樹身纏了一匝又一匝
向上　向上
一寸一寸向上量
及至樹頂

及至看到
一顆受傷的
落日
往山後逃去

一九七二・六・五

後記：本詩的題目係借自姜白石的名句：「數峯清苦，商略黃昏雨」。我素無大志，性喜遊山玩水，雖非「登山協會」會員，也無緣遍歷國內名山大川，但近年來卜居內湖，常於假日獨遊碧山，有時在一棵樹下盤桓半日，讓山色蟬聲把心上的灰塵洗滌一番，如偶遇一陣山雨，那就裏裏外外，洗他一個痛快。

美國詩人Wallace Stevens曾寫過一首〈十三種看山鳥的方法〉（Thirteen Ways of Looking at a Blackbird），該詩首尾呼應，一氣呵成，焦點始終集中在一隻鳥上。拙作卻企圖以十三種風格來寫十三種關於山的貌與神，十三種山的隱秘，每一峯各自獨立，均可當作一首小詩來讀，遺憾的是這十三座山清苦有餘而雄偉不足。

水中的臉

竟然
不相信自己的體溫，我把
雙掌伸入水中
十指輕揮
池面的臉，便一片片
嘩向四岸
月光
在哀傷的另一端

俯首池面
我的臉以水發聲
而鼻子
問號似的虛懸著
於今，長安酒樓上的月亮
是種甚麼樣的顏色？
答案
在空白的另一端

水中的面容就是早歲
早歲的自己？問著問著
一株水仙躍起向我撲來

順手抓去
撈起的竟是滿把皺紋
我出神地望著
池中那座舉起一隻精巧小鷄鷄的
天使

而茫然
在時間的另一端

一九七二・六・十五

長恨歌

那薔薇，就像所有的薔薇，
祇開了一個早晨

——巴爾扎克

I

唐玄宗
從
水聲裏
提煉出一縷黑髮的哀慟

II

她是
楊氏家譜中
翻開第一頁便仰在那裏的
一片白肉
一株鏡子裏的薔薇
盛開在輕柔的拂拭中
所謂天生麗質
一粒
華清池中
等待雙手捧起的

泡沫
仙樂處處
驪宮中
酒香流自體香
嘴唇，猛力吸吮之後
就是呻吟
而象牙床上伸展的肢體
是山
也是水
一道河熟睡在另一道河中
地層下的激流
湧向

江山萬里
及至一支白色歌謠
破土而出

III

他高舉著那隻燒焦了的手
大聲叫喊：
我做愛
因為
我要做愛
因為

我是皇帝
因為
我們慣於血肉相見

IV

他開始在床上讀報，吃早點，看梳頭，批閱奏摺
蓋章
蓋章
蓋章
蓋章
從此

君王不早朝

V

他是皇帝
而戰爭
是一灘
不論怎麼擦也擦不掉的
黏液
在錦被中
殺伐，在遠方

遠方，烽火蛇升，天空啞於
一緺叫人心驚的髮式
鼙鼓，以火紅的舌頭
舐著大地

VI

河川
仍在兩股之間燃燒
仗
不能不打
征戰國之大事

娘子，婦道人家之血只能朝某一方向流
於今六軍不發
罷了罷了，這馬嵬坡前
你即是那楊絮
高舉你以廣場中的大風

一堆昂貴的肥料
營養著
另一株玫瑰
或
歷史中
另一種絕症

VII

恨，多半從火中開始
他遙望窗外
他的頭
隨鳥飛而擺動
眼睛，隨落日變色
他呼喚的那個名字
埋入了回聲

竟夕繞室而行
未央宮的每一扇窗口

他都站過
冷白的手指剔著燈花
輕咳聲中
禁城裏全部的海棠
一夜凋成
秋風

他把自己的鬍鬚打了一個結又一個結，解開再解開，然後負手踱步，鞋聲，鞋聲，鞋聲，一朵晚香玉在簾子後面爆炸，然後伸張十指抓住一部水經注，水聲汩汩，他竟讀不懂那條河為甚麼流經掌心時是嚶泣，而非咆哮

他披衣而起

他燒灼自己的肌膚
他從一塊寒玉中醒來

VIII

突然間
他瘋狂地搜尋那把黑髮

千間廂房千燭燃
樓外明月照無眠
牆上走來一女子
臉在虛無飄渺間

而她遞過去
一縷煙
是水，必然升為雲
是泥土，必然踩成焦渴的蘚苔
隱在樹葉中的臉
比夕陽更絕望
一朵菊花在她嘴邊
一口黑井在她眼中
一場戰爭在她體內
一個猶未釀成的小小風暴
在她掌裏
她不再牙痛

不再出

唐朝的痲疹

她溶入水中的臉是相對的白與絕對的黑

她不再捧著一碟鹽而大呼饑渴

她那要人攙扶的手

顫顫地

指著

一條通向長安的青石路……

IX

時間七月七
地點長生殿
一個高瘦的青衫男子
一個沒有臉孔的女子
火焰，繼續升起
白色的空氣中
一雙翅膀
又
一雙翅膀
飛入殿外的月色

漸去漸遠的
私語
閃爍而苦澀
風雨中傳來一兩個短句的迴響

一九七二・八・十五

掌

你猜
我掌中會生長些甚麼
百合，金雀花，黑色的迷迭香
或一隻吃自己尾巴長大的蜻蜓？
才不
也許是
總之
五指伸展出去
沒有一根叫做

飛翔

你再猜
我掌中隱藏些甚麼
　無日月星辰
　無今天明天
　無爐火
　無糖亦無鹽
　無灰燼揚起
只有血
要求釋放

我猶豫一下
我狠狠把雙手插入樹中

一九七二・十一・十

屋頂上的落月

四樓屋頂上
月亮
以三五種晦澀的姿勢下沉
白晝為什麼那麼多的浮塵
令人苦思不解

而，比秋寒更重的
是未曾晒乾的衣服
是隔壁

自來水龍頭的漏滴

一九七二・十一・十二

憤怒的葡萄

院子裏的葡萄藤
沿著一根晒衣桿
洶湧而至
想必在結實之前總得做點甚麼
在枝頭釀造的
豈僅是
路人的仰望
哦，無聲的憤怒
由青轉紅……

一九七二·十一·十二

下午無歌

咖啡壺在桌上
帽子在門後
雨傘則一向掉在別人家裏
瓶中的玉蘭香
只要加一點點水便再度亢奮起來
至於抽水馬桶上
那本破小說的名字
怎麼想

　　也想不起來

椅子往後移一移
萬一
電視機中的「西螺七劍」
刺到臉上來呢
四十而不惑
眼看著一隻蟑螂
施施然
從腿上
爬
過

一九七二・十一・二十九

對話

我們的對話
白色的
宇宙性的
我們的舌頭
未穿任何衣裳
也是白的
宇宙性的

那麼，就讓我們糾結的頭髮去沉思吧

一九七二・十一・二十九

蟹爪花

或許你並不因此而就悲哀吧

蟹爪花沿著瓦盆四周一一爆燃且在靜寂中一齊回過頭來
你打著手勢在窗口，在深紅的絕望裏
在青色筋絡的糾結中你開始說：裸
便有體香溢出
一瓣
吐
再一瓣

蟹爪花

橫著

佔有你額上全部的天空

在最美的時刻你開始說：痛

枝葉舒放，莖中水聲盈耳

你頓然怔住

在花朵綻裂一如傷口的時刻

你才辨識自己

一九七三・二・十

不被承認的秩序

林泉啞默
石頭嗚咽

山鳥通過一幅畫而溶入自然的本身。我來了，說煙，鳥就有了第三隻翅膀
這是宇宙的手，統治天空的手
你站在一塊巨石上把頭髮借給風
雙目借給地平線

我從不發怒

你說我發怒時也很溫柔
我匆匆跑去抱緊一棵樹
我隱聞樹汁在體內咕嘟咕嘟吐著白沫

我在泥中
我吃自己的嘔吐物
我是水的女兒

沒有肌膚，沒有指紋，沒有憤怒的舌頭與牙齒，沒有沉思的毛髮與骨骼
沒有語言
身子極冷而影子又極熱
溫暖如信件

暴躁如焚燒的淚
不安啊！如從江水中提出的一桶月亮
我是灌木林，是荊棘
是雲，是風箏
是一堵奔走的牆
是房屋，是書籍，是碎玻璃，是褻衣，是曾經好看過的花
是一冷了很久的砲
是水也是火

是萬物
萬物中不被承認的秩序

一九七三・二・十二

悟

海，在體內咆哮不絕。蘸著酒漬在桌上劃一條航道，回家的旅程便短了。帆已升起，藍色的歌聲隨水鳥而去，「漫卷詩書喜欲狂」，多精巧的句子！千多年來動詞仍用現在式，而夕陽與潮汐多為過去式。帆再度升起，沿崖岸而行的路卻愈來愈遠。魚羣三五，燈塔一向兀自發聲。透過望遠鏡我們開始悸動開始裸體開始作躍進的準備姿勢及至看到一顆落日。所謂第一等或次等的美善無非是無稽之談。我仰首朝天空吐一個痰，唾沫仍灑在自己的臉上。

我抓住海

那兇猛的頭顱
我抓住自己如抓住一把
未喝血之前
即已折斷的
劍

突然間，我於時間的喧囂中沉默如一握緊的拳頭

一九七三・二・十二

死亡的修辭學

槍聲
吐出芥末的味道
我的頭殼炸裂在樹中
即結成石榴
在海中
即結成鹽
唯有血的方程式未變
在最紅的時刻
灑落

這是火的語言，酒，鮮花，精緻的骨灰甕，俱是死亡的修辭學

我被害

我被創造為一新的形式

一九七三・二・十三

月亮·一把雪亮的刀子

日曆上，疲憊的手指在劃著一條向南的路，及到天黑始告停頓

月出無聲

酒杯在桌上，枕頭在懷中
床前月光的溫度驟然下降
疑是地上——
低頭拾起一把雪亮的刀子
割斷

明日喉管的

刀子

月亮橫過

水田閃光

在苜蓿的香氣中我繼續醒著

睡眠中羣獸奔來，思想之魔，火的羽翼，巨大的爪蹄搥擊我的胸脯如撞一口鐘

回聲，次第盪開

水似的一層層剝著皮膚

你聽到遠處冰雪行進的腳步聲嗎？
月出
無聲

一九七三・二・十五

大地之血

昨夜風起
我們大家都說
枯葉愛火

解凍的河川
閃著軟腰
帶走一大羣魚嬰
所有會唱歌的葉子

抱著一棵樹
邊跳邊燃燒起來

一山動　眾山狂嘯

種子，母親的手，水一般執住大地。推開重重巨石的門，子宮內一條龍在湧動
我們勢將守住此一時刻，芬芳的成長與死亡
我們勢將埋下核，任其成為大地之血
我們的意義在傷痕的那邊，我們終將抵達的那邊
我們走進脈管如一支隊伍
我們佔領生之廣場
我們安排一株桃樹

在風中
受孕

一九七三・二・十六

詩人的墓誌銘

在一堆零碎的語字中
安排宇宙
我踮腳望去
你正由眾人中走出

主要乃在
你把歌唱
視為大地的詮譯
石頭因而赫然發聲

河川

沿你的脈管暢行
激流中，詩句堅如卵石
真實的事物在形式中隱伏
你用雕刀
說出
萬物的位置

在此，你日日夜夜
反芻著
昔日精巧的句子
吐向天空而星落如雨

一組意象

從正南方升起
仰著讀的那羣臉上
開始融雪

你純粹的眼，亦如
你逃逸的腳
你逃逸的腳　亦如
你反抗的髮
你反抗的髮　亦如
你癡愚的唇
你癡愚的唇　亦如

你哀傷的血
你哀傷的血　亦如
你化灰後的白

而，舉過太陽的臂
向日葵一般的枯萎
最後，最後
蒼天俯視你
以一張空無的臉
縱然，在鑿子與大理石的激辯中
你的名字
一個

一個地
粗大起來

一九七三・五・十

憶葉珊

斗酒三百篇也無非證明你是
傳說中那個三十出頭的
漢子

上街沽酒的時候
總難免不令人想起
同安街一連打翻三次煙灰碟而不色變的青衫少年
葉珊太瘦
而楊牧又嫌胖了些

隔著一隻啤酒杯望過去
你的長髮仍是極其江南風的
口袋仍裝滿著
鶯飛草長

而西雅圖的早雪
是否就是那位打你窗口
躡足而過的女子？

一九七三・九・二十

附註：

一、王靖獻早期用葉珊作筆名，近一兩年改為楊牧。

二、《傳說》為葉珊詩集之一。

三、早年葉珊就讀臺北卜居同安街時，我與瘂弦時去看他，一次，我說了三個笑話，葉珊一連笑得打翻三次煙灰碟。

秋末懷維廉

田埂上
午寐中的白鷺只用一隻腳
撐住滿身秋寒
而我陽台上的那盆瘦海棠
於今也得了
嚴重的胃病

你又走了
據說，台北目前仍在流行

你這種樣子的詩

據說，你們鄰居後院的松子如拳
一張開，大概就是你那隻
抓住巍峨的掌了

一九七三・九・二十九

後記：葉維廉民國六十年返台任台大客座教授時，患嚴重胃病，返美病發，割去半個胃。「抓住那巍峨」為維廉之詩句。

無非

無非是煙
無非是一杯濃茶
無非是午睡後的怔忡
無非維他命與感冒藥
無非鏡子
無非走廊上一把令人心悸的黑傘
無非午夜一盞燈
　在唱宇宙之歌
無非早點，燒餅夾超現實主義

無非日出如女臉
無非一盆落月
　從窗口傾瀉而下
無非六祖壇經，金瓶梅與臥龍生
無非下午，捧著退伍令發愣的下午
無非鴉片戰爭蘆溝橋
無非逃難，挨餓，躲警報
無非地瓜圓圓像拳頭
無非空心菜長長像皮鞭
無非長江，一玻璃棺材的長江
無非棄我去者煙灰
無非牆腳一窩吐信的小蛇

無非耳邊二三鴉雀聒噪
無非吃三明治戴假髮的普羅主義者
無非眾目中飛出一把毒刀
無非貝多芬在咖啡館憤然舉臂，吐心靈的白沫
無非普普，歐普，樂普，床舖
無非膩膩的
無非鹹鹹的
無非是雲
無非是雨
無非肉語喋喋
無非枕邊水聲盈耳
無非一座冰山沿著脊柱骨猝然下崩

無非火葬，通過一座烟囱而不朽
無非一尾在油鍋裏哭腫了眼珠的魚
無非一隻從掌中驚飛的鳥
無非是晚報，晚報是廣告，廣告是春藥
無非電視新聞
無非選舉，少棒，水門事件
無非砲彈從越南一路嘀咕到中東
無非季辛吉這小子又摸上了萬里長城
無非是下放，是勞改，剝光泥土的皮膚
無非是望遠鏡，由望遠鏡逼近的悲涼
無非是假寐
無非是咳嗽

無非大江英豪。泡沫。泡沫。泡沫
無非兩岸無人

一九七三・九・二十八

秋日偶興

那會是另外一個人的聲音嗎？

總在雨後
總在鐘聲輕輕推開寺門的時候
澗水邊
一朵山花
在一瓣瓣剝自己的臉

這座山的名字也叫做悠然？

可能是
否則
為甚麼那遊客撩起雲絮
如撩起他的袍子

午後無風
戴紅帽子的測繪員
從三腳架的鏡子裏看到
白鷺
飛成一行淡淡的煙

一九七三・十二・十五

初晴 一

如要把我殺死
不妨先以聖誕紅那種
激怒的
顏色

惹我

把我溫柔地殺死吧
用你那嫩葉上

純白的露滴

一九七三・十二・十五

初晴 二

說整個天空在飛亦無不可
一隻雁子
從窗口匆匆打了一個手勢
便黯然而去

我趕快追了出去
卻只看到花壇裏一隻毛蟲
在作化蝶的
最後努力

另一隻猛然縮起身子

一九七三・十二・十五

焚詩記

把一大疊詩稿拿去燒掉
然後在灰燼中
畫一株白楊

推窗
山那邊傳來一陣伐木的聲音

一九七三・十二・十六

石頭記

所以說
你畢竟是一塊石頭
靜寂自內部生長
自你的骨骼硬得無聲之後

所以說
你癡呆地
脫光衣服躺在路旁
靜待著

臉上的涶沫
風乾

一九七三・十二・十六

子夜讀信

子夜的燈
是一條未穿衣裳的
小河

你的信像一尾魚游來
讀水的溫暖
讀你額上動人的鱗片
讀江河如讀一面鏡
讀鏡中你的笑

如讀泡沫

一九七三・十二・十六

翻譯秘訣十則

把眼睛譯成流水
把時間譯成灰煙
把墨汁譯成牛奶
把窗戶譯成鳥聲
把妻子譯成爐火
把乳房譯成茶杯
把鏡子譯成長髮
把街道譯成冰雪
把故事譯成房租

把鋼筆譯成陽萎

一九七三・十二・十六

雪

一

一隻驀然伸到我面前的手
一隻驀然
白得如此單純而又複雜的
手

撫慰著大地之悲痛的
手啊

對誰都一樣
白色畢竟是一種高度晦澀的語言
解凍可能是最佳的表達方式
我隱隱聽到遠方傳來另一種聲音
當穀物開始在地層下
骨肉交錯

二

冰河期，大地並非大地
而是一匹蒼茫了千年的布

我忽然懂得了水的意義
事物的最冷處
亦是事物的最初處

然後是聳樹，是岩石與河川，是火也是風
是礦苗，是化石，是穢物，是書與鹽
一隻鹹鹹的杯子
一盆吶喊的花朵
一張複製的臉
一滴清醒的血
我相信它們的卑微亦如
我相信它們的力量

三

至於覆雪下的
阡陌
定然知曉自己一度橫過也一度縱過
而我是稻草人我在風中
驚怖地仰望
一隻鷹隼如何把自己
塑成
一縷煙

四

融雪後，不知我的面容
是否仍白得如此晦澀，冷得如此複雜？
砸碎所有的鏡子也找不到答案
無人能挽救我
縱然把體內全部的血
換成火
還猶疑什麼呢？
紅泥小火爐已熄
酒已涼
趿起鞋子，我掃雪去了

一九七四・一・三十

魚語

驚濤無言
而泡沫喋喋
從長江頭至長江尾
游行千里
祇為換得全部鱗甲剝盡時的悲壯
我不曾說什麼
我乃相忘於江湖的
一尾魚

兩岸

曾摟我以溫婉的臂
我選擇逆流如選擇明日的風暴
自風雷初動的渡口
至落日化為猿啼的三峽
不論頂端是龍門
或者窄門
我始終不曾說什麼

岸邊的桃樹吵得很兇
我不想說什麼
一換季，花瓣像那些名字

隨水而逝
再換季，無非一堆爛泥
我不忍說什麼
風雨未息
在污染的濁流中
任泡沫
　喋喋
我不願說什麼

驚濤萬丈中
你們聽見我奔來的腳步聲嗎？

一九七四・三・二十二

裸奔

之一

自成形於午夜
午夜一陣寒顫後的偶然
他便歸類為一種
不規則動詞，且苦思
太陽為何堅持循血的方向運行
窗外除了風雪
僅剩下掛在枯樹上那隻一瘦

再瘦的紙鳶
鷓鴣聲聲，它的穿透力
勝過所有的刀子
而廣場上
那尊銅像為何噤不發聲
他說他不甚了了

他就是這男子
胸中藏著一隻蛹的男子
他把手指伸進喉嚨裏去掏
多麼希望有一隻彩蝶
從嘔吐中

撲翅而出

之二

帽子留給父親
衣裳留給母親
鞋子留給兒女
枕頭留給妻子
領帶留給友朋
雨傘留給鄰居

（他打了一個哈欠）

床舖留給白蟻
書籍留給蟑螂
照片留給牆壁
信件留給爐火
詩稿留給風雨
酒壺留給月亮

（他緩緩蹲下身子）

手腳還給森林
骨骼還給泥土
毛髮還給草葉

脂肪還給火焰
血水還給河川
眼睛還給天空

（他猛然抬起頭來）

歡欣還給雀鳥
惱怒還給拳頭
悲痛還給傷口
抑鬱還給鏡子
仇恨還給炸彈
茫然還給歷史

（準備衝刺——）

他開始溶入街衢

他開始混入灰塵

他開始化入風雪

他開始步入樹木

他開始熔入鋼鐵

他開始揉入花香

遂提升為

可長可短可剛可柔

或雲或霧亦隱亦顯

似有似無抑虛抑實

之

赤裸

山一般裸著松一般

水一般裸著魚一般

風一般裸著煙一般

星一般裸著夜一般

霧一般裸著仙一般

臉一般裸著淚一般

之三

他狂奔
向一片洶湧而來的鐘聲……

一九七四・五・六

裸蓮

——贈大畫家丁雄泉

你是花，也是蝶
你是樹，也是根
你是水，也是船
是燃燒的冰雪
是凍結的火焰
是巴黎的落月

是從紐約廣場升起的太陽

你乃一面鼓
乃鼓中之閃電
閃電中之羣馬奔騰
乃一展開的掌心
眾山由此躍升
乃一空曠的子宮
為吐納萬物而空曠

你乃純白
自波濤萬頃中升起的
一朵裸蓮

一九七四・五・二十五

後記：旅美名畫家丁雄泉兄五月在東京舉行個展，並趁機作環球旅行，五月十六日途經台北，曾與我詩人畫家多人歡敍數日。丁君自東京購得扇子數把，承贈一柄，特作詩一首，並親筆題於另一扇面相贈。丁君亦為詩人，詩如其畫，淳樸自然，坦然無邪，故以「裸蓮」擬之。

鬼節三題

羣鬼

男鬼一

一向蹲在山上
啃石頭
瘦成
一陣風

乃意料中事

值茲百物暴漲
餓，亦不失為一種美德
桌上擺著八十元一斤的豬肉
也只能看看

男鬼二

街燈下
一羣發青的臉
欲笑未笑

搶來的紙錢
是要數一數的
未超渡之前
自己的毛髮與骨骼
也得數一數

女鬼一

啾啾
從披髮間望出去
月正升起

遠處
一個掌燈的人
在喊著：妹子
她悽惶地仰起臉
啾啾

女鬼二

她
被一根繩子提升為
一篇極其哀麗的

聊齋

循著簫聲搜尋
每一個窗口都可能坐著
她那位進京赴試的
薄倖書生

風來無聲
她閃身躍入
剛闔攏的那本線裝書

野祭

終於
在墓草中掘起
一雙泛白
而且腐爛的鞋子

當發現你的腳
懸在半空
我觸到的
竟是你冰涼的手

當一塊長髮披肩的
碑
從背後躡足而來
我急急遞過去一杯酒
隨即
大聲咳嗽

水燈

清明才遇見你
而今七月又半，秋亦半
露，說白了就白了

寺鐘還沒有說清楚它的含義
便把激動傳給了回聲
你來了，又將歸去
說去就去

自從那年
由水中把你抱起
如抱起房門後驟然跌落的
那件衫子
我便開始紮一盞水燈
開始把信寫在火上
說寫就寫

而今七月又半
哀慟亦半

一九七四・九・十四

巨石之變

一

灼熱
鐵器捶擊而生警句
在我金屬的體內
鏘然而鳴，無人辨識的高音

越過絕壁
一顆驚人的星辰飛起

千年的冷與熱
凝固成決不容許任何鷹類棲息的
前額。莽莽荒原上
我已吃掉一大片天空

二

如此肯定
火在底層繼續燃燒，我乃火
而風在外部宣告：我的容貌
乃由冰雪組成

我之外
無人能促成水與火的婚媾
如此猶疑
當焦渴如一條草蛇從腳下竄起
你是否聽到
我掌中沸騰的水聲

三

我撫摸赤裸的自己
傾聽內部的喧囂於時間的盡頭
且怔怔望著

碎裂的肌膚如何在風中片片揚起

晚上，月光唯一的操作是

射精

那滿山滾動的巨石

是我嗎？我手中高舉的是一朵花嗎？

久久不曾一動

一動便佔有峯頂的全部方位

四

你們都來自我，我來自灰塵
也許太高了而且冷而無聲
你們把梯子擱在我頭上只欲證實
那邊早就一無所有

除了傷痕
霍然，如眼睜開

我是火成岩，我焚自己取樂
所謂禁慾主義者往往如是
往往等鳳凰乘煙而去
風化的臉才一層層剝落

五

你們說絕對
我選擇了可能
你們說無疑
我選擇了未知

你們爭相批駁我
以一柄顫悖的鑿子

這不就結了
你們有千種專橫我有千種冷

菓子會不會死於它的甘美？
花瓣兀自舒放，且作多種曖昧的微笑

六

鷹隼旋於崖頂
大風起於深澤
麋鹿追逐落日
羣山隱入蒼茫

我仍靜坐
在為自己製造力量

閃電，乃偉大死亡的暗喻
爆炸中我開始甦醒，開始驚覺
竟無一事物使我滿足
我必須重新溶入一切事物中

七

萬古長空，我形而上地潛伏
一朝風月，我形而下地騷動
體內的火胎久已成形
我在血中苦待一種慘痛的蛻變

我伸出雙臂
把空氣抱成白色
畢竟是一塊冷硬的石頭
我迷於一切風暴，轟轟然的崩潰
我迷於神話中的那隻手，被推上山頂而後滾下
被砸碎為最初的粉末

一九七四・九・二十

洛夫

湖南衡陽人，一九二八年出生，原名莫運端，初中時接觸俄國文學，景仰舊俄作家，於是將名字改為具俄國味的「洛夫」，並以此為筆名。淡江文理學院英文系畢業，曾任教東吳大學外文系。一九五四年與張默、瘂弦共同創辦《創世紀》詩刊，歷任總編輯數十年。縱橫詩領域逾七十載的洛夫，對臺灣現代詩的發展影響深闊，作品被譯成英、法、日、韓、荷蘭、瑞典等多國語文，並屢屢收入各大詩選。著有詩集《靈河》、《石室之死亡》、《外外集》、《魔歌》等三十餘部；散文集《一朵午荷》等七部；評論集《詩人之鏡》等五部；譯作《第五號屠宰場》等八部。曾獲中國時報文學推薦獎、中山文藝創作獎、吳三連文藝獎、國家文藝獎等。由於早年超現實的表現手法，近乎魔幻，被詩壇讚譽為

「詩魔」。其作品蘊涵對民族整體意識與命運的關懷，並體現了古今中外深邃悠遠的人文精神，形式上則長篇短句兼擅；寫詩之餘亦沉潛於書法藝術，長於行草，受邀於臺灣、中國大陸、菲律賓、馬來西亞、溫哥華、紐約等地展出。

魔歌

作者｜洛夫

主編｜蕭仁豪

裝幀設計｜朱疋

發行人｜孫春月

出版者｜目色文化事業有限公司

電話｜ (02)29465948

傳真｜ (02)29465948

讀者服務信箱｜新北市永和中正路郵局第 233 號信箱

baksikmuse@gmail.com

印製｜ Print form ／中原造像・中康印刷

初版一刷｜二〇一八年五月四日

定價｜四〇〇元

國家圖書館出版品預行編目(CIP)資料

魔歌 / 洛夫作 . -- 初版 . -- 新北市 : 目色文化 , 2018.05
面 ; 公分
ISBN 978-986-95143-1-6(平裝)
851.486 107005379